KB086520

지난 한 해를 잘 살아낸 당신에게,
365일 슬기롭게 버텨낸 자신에게
작은 위로를 전해 주세요.

힘들어도 끝까지 포기하지 않은 당신에게,
고비마다 슬기롭게 극복한 자신에게
작은 칭찬을 해 주세요.

지난 한 해 수고 많으셨습니다.
새해에는 좋은 일들만 가득하시길 빕니다.

_____드림

설렘은 푸르다

최근 할머니를 만나기 위해
이탈리아에서 영국까지 걸어서 간 10대 소년의 이야기가
전 세계 네티즌들에게 감동을 안겨주었다.

영국인 아버지와 이탈리아인 어머니 사이에서 태어난
11살의 로미오 콕스가 그 주인공이다.
지난 해 부모를 따라 영국에서
이탈리아 시칠리아로 이사를 하면서
할머니와 떨어져 자주 만나지 못하게 됐고,
설상가상 코로나19의 대유행으로 하늘 길까지 막히게 되자
소년은 걸어서 할머니를 만나러 가기로 결정했다.
열한 살 소년이 감당하기에는 너무 버거운,
무려 2,735Km에 달하는 대장정이었기에
부모의 반대가 심했지만
긴 설득 끝에 아버지와 함께 그 힘든 여정을 시작할 수 있었다.

지난 6월 시칠리아를 출발한 부자는
스위스를 지나고 프랑스를 거쳐
9월 21일에야 런던에 도착했다.
꼬박 93일을 걸어간 것이다.
수십 번 발바닥이 까지고 피투성이가 됐지만
소년은 끝까지 포기하지 않았다.
그리고 런던에서 2주간의 격리를 마친 지난 10월 4일,
소년은 그렇게 보고 싶던 할머니와 극적인 상봉을 하게 되었다.

할머니를 보고 싶다는 순수한 갈망과 그 만남에 대한 설렘이
열한 살 어린 소년으로 하여금 무려 93일간
총 2,735km를 걸을 수 있게 만들어 준 것이다.

간절한 그리움과 설렘은 때때로
우리에게 초인적인 힘을 발휘하게 만들어준다.
그래서
누군가를 그리워하고 무언가에 설레는 삶은
항상 푸르고 아름답다.

콤플렉스가 경쟁력

바다의 최고 포식자 상어에게는
태어날 때부터 가진 치명적인 약점이 있다.
물에서 뜨고 가라앉는 것을 조절하는 부레와
아가미근육이 없는 것이다.
상어는 부레 대신
몸의 4분의 1을 차지하는 큰 간을 가지고 있는데,
지방질로 이루어진 이 간이 물보다 가벼워서
몸이 물에 뜨는 것을 도와준다.
하지만 그것만으로는 역부족이어서
상어는 평생 물에 가라앉지 않기 위해
쉼 없이 몸을 움직여야만 하는 숙명을 안고 태어난 것이다.

이렇게 치명적인 결함을 안고 태어난 상어가
어떻게 바다의 포식자가 될 수 있었을까?
상어는 부레와 아가미 근육이 없는 대신
누구보다 강한 지느러미를 만들었고,

그것으로 바다의 제왕이 될 수 있었다.

'루돌프 사슴코'가 떠오른다.
남들과는 다른 반짝이는 코를 가진 루돌프는
친구들에게 늘 놀림을 당했고, 그것이 콤플렉스였다.
하지만 성탄절 밤 산타의 썰매를 끌게 되면서부터
콤플렉스는 루돌프만의 개성이자 매력 포인트로 변한다.

비교하지 말고, 숨기지도 말고,
콤플렉스마저도 당당하게 드러내고 살자.
그리고 지금
내가 가진 것에 무한한 감사를 보내자.

스피드 건에 찍히지 않는 것

메이저리그에서 22년간 투수로 활약하면서
최고 투수상 2회, 다승왕 5회를 차지하고
통산 305승을 거둔 전설적인 투수 톰 글래빈.
그가 세운 기록보다 놀라운 사실은
그가 던지는 공의 속도가 다른 투수들보다
훨씬 느렸다는 점이다.

어느 날, 인터뷰에서 기자가 물었다.
"그런 느린 공으로 어떻게 이런 성적을
거둘 수 있었습니까?"
톰 글래빈은 이렇게 대답했다.
"야구를 향한 제 열정은 스피드 건에는 찍히지 않잖아요?"

미국 프로농구에서
네 번이나 득점왕에 오른 앨런 아이버슨.
그는 NBA에서는 단신에 속하는 183cm였다.

그에게 성공 비결을 물을 때 그는 이렇게 말했다.
"농구는 신장으로 하는 게 아니라 심장으로 하는 거죠!"

누구나 하나쯤 콤플렉스를 안고 산다.
하지만 그것을 당당하게 드러내고 이겨낼 때
콤플렉스는 매력 포인트가 되고, 나만의 경쟁력이 된다.

7대 불가사의

초등학교 4학년인 한 소녀가
부모님을 따라 다른 도시, 다른 학교로 전학을 가게 되었다.
새 학교로 전학을 간 첫날 시험을 보게 되었는데,
주어진 문제는 하나였다.

'세계 7대 불가사의에 대해 아는 대로 적으시오.'

소녀에게는 생소한 문제였다.
다른 친구들은 이미 알고 있는 듯
곧바로 답안지에 답을 적어 내려갔다.
소녀는 아무것도 적지 못하고 우두커니 앉아 있었다.
그 모습을 지켜본 선생님이 다가와 친절하게 말했다.
"틀려도 좋으니까 그냥 네 머리에 떠오르는 대로 적어보렴."
그 말을 듣고 소녀도 답안지를 채워갔다.

답안지를 걷은 후 선생님이 정답을 공개했다.

1. 치첸이트사 마야 유적지   2. 중국 만리장성
3. 리우데자네이루 예수상   4. 로마 콜로세움
5. 잉카 유적지 마추픽추   6. 요르단 고대도시 페트라
7. 인도 타지마할

친구들은 대부분 정답을 확인하고 환호성을 질렀다.

한편, 채점을 하던 선생님은
새로 전학 온 소녀의 답안지를 보고 깜짝 놀랐다.
전혀 예상하지 못한 특별한 답이 적혀 있었기 때문이다.

1. 볼 수 있는 것   2. 들을 수 있는 것
3. 말할 수 있는 것   4. 느낄 수 있는 것
5. 웃을 수 있는 것   6. 생각할 수 있는 것
7. 사랑할 수 있는 것

아무런 대가 없이 우리에게 주어진 것들,
평범하고 당연하게 여겨지는 소소한 능력들이
소녀의 눈에는 '불가사의'로 보였고,
최고의 감사이자 기적이었던 것이다.

청소의 마법

경찰의 과잉진압으로 사망한 조지 플로이드.
그 사건으로 미국 전역에서 연일 시위가 이어졌다.
평화적으로 시작했던 시위는 군중이 몰리면서
때로는 폭력적인 시위로 변질되기도 했고,
시위대가 지나간 거리에는 쓰레기가 넘쳐났다.

뉴욕 버펄로 베일리 애비뉴 가도 예외는 아니었다.
시위대가 지나간 거리는 각종 쓰레기와 파편들로 뒤덮였다.
그것을 본 고등학교 3학년인 안토니오 그웬 주니어는
쓰레기봉투와 빗자루를 들고 나와
혼자서 열 시간 가까이 거리를 청소했다.
다음날 마을 주민들이 쓰레기를 치우기 위해 나왔을 때
거리는 이미 깨끗하게 정리되어 있었다.

열여덟 살 소년의 선행은 주민들의 입을 통해
널리 알려지게 되었고, 지역 방송 뉴스에까지 소개되었다.

그리고 얼마 후, 마법 같은 일들이 연이어 일어났다.
뉴스를 본 한 주민이
무스탕 컨버터블 자동차를 소년에게 선물했고,
현지 사업가 한 사람은
그 차량의 보험료를 책임지겠다고 나섰다.
또, 소년이 다니게 될 대학에서는
4년 동안 장학금 지급을 약속했다.
단지 자신이 사는 동네의 거리를 깨끗하게 치운 것뿐인데
소년의 인생에 선물 같은 변화가 일어난 것이다.

청소에는 특별한 힘이 있다.
일이 잘 풀리지 않거나
이유 없이 우울하고 매사에 의욕이 없을 때,
뭔가를 다시 시작하고 싶은데
어디서부터 해야 할지 막막할 때,
일단 청소부터 시작해 보자.
빗자루나 걸레를 들고 내 방부터 시작하면 된다.
거기에서부터 삶의 변화가 시작된다.

인생을 바꾸는 말

화가 로제티에게 한 노인이 찾아왔다.
노인은 로제티 앞에 스케치북을 펼쳐 보이며 말했다.
"선생님, 제가 최근에 그린 그림들입니다.
재능이 있는지 선생님의 평가를 받아보고 싶습니다."
로제티는 그림을 살펴보고 나서 조심스럽게 말했다.
"안타깝지만 가능성이 없어 보입니다."
그러자 노인은 다른 스케치북 하나를 더 꺼내 보였다.
"이건 제가 아는 화가 지망생의 그림인데
이것도 좀 평가해 주세요."
이번 그림들은 로제티의 마음을 움직였다.
"훌륭한 솜씨네요.
이 젊은이는 뛰어난 재능을 가지고 있습니다.
지금이라도 전문적인 미술수업을 받는다면
대 화가로 성장할 수 있겠네요."
로제티의 칭찬에 노인은 오히려
큰 충격을 받고 실망한 눈치였다.

의아해진 로제티가 노인에게 물었다.

"도대체 왜 그렇게 실망한 표정이십니까?"

노인은 마음을 추스르고 난 뒤 힘겹게 대답했다.

"사실 이 그림들은 제가 40여 년 전에 그린 것입니다.

그때도 누군가 재능이 있다고 칭찬을 해주었더라면….

그때는 이렇게 칭찬해주는 사람이 없었습니다.

결국 저도 힘들어서 포기하고 말았고요."

노인은 눈에서 회한의 눈물이 흘러내렸다.

말 한 마디가 한 사람의 인생을 바꿔 놓을 수 있다.

세상을 바꾼 위대한 발견이나 발명 속에는

항상 긍정의 말, 칭찬 한 마디가 숨어 있다.

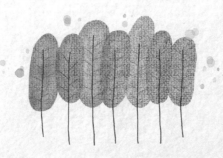

마음을 움직이는 말

한 동네에 세 개의 제과점이 앞 다퉈 문을 열었다.
세 제과점 모두 동네 최고의 제과점이 되기를 소망했다.
그런 소망은 개업을 알리는 플래카드에 고스란히 담겼다.

첫 번째 제과점은
'서울에서 가장 맛있는 빵집'이란 문구를 사용했다.
두 번째 제과점에서도 경쟁적으로 문구를 썼다.
'대한민국 최고의 빵집 오픈!'
세 번째 제과점 사장은 직접 손 글씨를 써서
출입문에 붙였다.

며칠 후, 놀라운 일이 벌어졌다.
아침 일찍부터 빵을 사려는 사람들이
세 번째 가게 앞에만 길게 줄을 지어 선 것이다.
대체 손 글씨로 뭐라고 써 붙였기에
세 번째 제과점으로만 손님이 몰린 것일까?

세 번째 제과점의 광고문구는 이렇게 쓰여 있었다.

'우리 동네 최고의 빵집!'

서울에서 가장 맛있는 빵집도, 대한민국 최고의 빵집도,
'우리 동네 최고의 빵집' 앞에서는 무릎을 꿇어야 했다.

작고 소박하지만
진정성이 담긴 한 마디가 사람의 마음을 움직인다.

깨라고 있는 것

할리우드에서 통용되는
'흥행 영화를 만드는 3가지 조건'이 있다.
첫째, 러닝타임이 두 시간을 넘기지 않을 것.
둘째, 역사적인 사실이지만 잘 알려지지 않은 소재를 다룰 것.
셋째, 결론은 해피엔딩으로.

이 불문율을 깨고 흥행에 성공한 영화가 있다.
제임스 카메론 감독이 만든 〈타이타닉〉이다.
제임스 카메론 감독이 이 영화를 만들겠다고 했을 때
많은 사람들이 3가지 불문율을 거론하며 그를 말렸다.
하지만 그는 자신만의 화법으로 〈타이타닉〉을 만들었고,
전 세계 박스오피스 1위까지 올랐다.

고정관념은 현재가 아닌
과거의 기준으로 만들어진 것이다.
그리고 그것은 지키고 보존하라고 있는 게 아니다.
세상은 늘 새로운 생각, 새로운 기록으로 만들어지는 것이다.

그대 어깨 위로 무지개 뜨기를

하늘의 따뜻한 바람이
그대 집 위로 부드럽게 일기를,

위대한 신이 그 집에
들어가는 모든 이들을 축복하기를,

그대의 모카신 신발이
눈 위에 여기저기 행복한
흔적 남기기를,

그리고 그대 어깨 위로
늘 무지개 뜨기를.

–체로키 인디언의 축원기도

저절로 붉어지는 것은 없다

어느 마을에 작은 가게 하나가 문을 열었다.
가게 이름은 〈무엇이든 파는 가게〉였다.

어느 날, 한 청년이 가게 안으로 들어와 물었다.
"정말로 무엇이든 다 파나요?"
그러자 주인이 대답했다.
"그럼요, 손님이 원하는 건 뭐든지 다 판답니다."
청년은 잠시 생각에 잠기더니 이렇게 주문했다.
"그럼 사랑, 행복, 그리고 성공과 지혜를 주세요."
청년의 말에 주인이 난처한 표정을 지었다.

"어떡하죠? 저희 가게에서는 열매는 팔지 않습니다.
여기는 오직 씨앗만 파는 곳입니다."

달콤한 열매는 거저 주어지지 않는다.
이른 봄부터 밭을 갈고, 씨를 뿌리고, 김을 매고,
땡볕 아래서 구슬땀을 흘려가며 가꾸어야만 얻을 수 있다.

꽃 한 송이, 대추 한 알도
저절로 붉어지는 것은 없다.

프로방스의 기적

한 여행자가
어느 황폐한 지역을 지나가게 되었다.
사방을 둘러봐도 나무 한 그루 보이지 않는,
그야말로 절망의 땅이었다.
그곳에서 양치기 한 사람을 만났다.
그는 30여 마리의 양을 돌보면서 그 황폐한 땅에
매일 수십 개의 나무열매와 작은 묘목을 심고 있었다.
3년 넘게 매일 쉬지 않고 해온 일이라고 했다.

그로부터 5년 후,
제1차 세계대전이 발발했고, 그 여행자는 군인이 되어
황폐했던 그 땅을 다시 지나가게 되었다.
그런데 놀랍게도 그곳은 울창한 숲으로 변해 있었다.
양치기가 그동안 심어 온
도토리나무, 밤나무, 단풍나무 등이 서로 어우러져
아름다운 숲을 이루고 있었던 것이다.

지금은
남프랑스에서 가장 아름답고 살기 좋은 고장,
프로방스가 바로 그곳이다.

그 기적은 결코 요행이 아니었다.
어리석은 노인이 산을 옮기듯,
하루도 멈추지 않은 양치기의 노력이
프로방스를 기적의 땅으로 만들어낸 것이다.

명품의 조건

로키산맥 3천 미터 수목한계지대는
'무릎 꿇은 나무'의 자생지로 유명하다.

해발 3천 미터를 넘는 고산지대는
나무가 곧게 자랄 수 없는 척박한 환경이다.
그래서 이곳에서 자라는 나무들은
매서운 바람과 눈보라 속에서 살아남기 위해
자신의 몸을 최대한 낮추며 자라는 생존기술을 가지게 되었고,
그 모습이 마치 사람이 무릎을 꿇고 있는 것처럼 보여서
'무릎 꿇은 나무'라는 이름이 붙여졌다.

놀라운 것은 볼품없이 구부러진 이 나무가
세계 최고의 명품 바이올린을 만드는 재료로 쓰인다는 사실이다.

세상에서 가장 아름다운 향수는
발칸산맥에서 자라는 장미로 만들어지는데,

그 중에서도 가장 춥고 가장 어두운
새벽 2시 전후에 채취한 장미만을 재료로 사용한다고 한다.
장미꽃이 가장 춥고 가장 어두운 환경에서
가장 강한 향기를 뿜어내기 때문이다.

잔잔한 바다는
훌륭한 선장과 유능한 선원을 키워내지 못한다.

집착을 버려라

스트레스에 시달리던 한 청년이
스승을 찾아가 고민을 털어놓았다.
스승은 대답 대신 청년을 데리고 숲으로 향했다.

아름드리 고목을 발견한 스승은
다짜고짜 나무를 끌어안고 대성통곡을 했다.
"나무야, 왜 날 붙잡고 놔주질 않는 거냐?"

한참을 지켜보던 청년은 스승을 말리며 말했다.
"스승님이 손을 놓으시면 될 텐데
왜 그렇게 나무를 꼭 끌어안고 계십니까?"

그제야 스승은 나무에서 손을 떼며 청년에게 말했다.
"그래, 바로 그것이다.
네가 스트레스를 붙잡고 있었지,
스트레스가 언제 널 붙잡더냐?"

마음의 병은 대부분 집착에서 비롯된다.
비우지도 버리지도 못하는 마음….
비워야 가벼워지고
버려야 다시 새로운 것으로 채울 수 있다.

어디까지가 최선일까?

한 소년이 큰 돌덩이 하나를 들어 올리려고
온 힘을 다 쏟고 있다.
이쪽저쪽 자리를 옮겨가며 들어도 보고
지렛대도 사용해 보지만 돌덩이는 꿈쩍도 안한다.
몇 차례 더 힘을 써보던 소년은 포기한 듯
털썩 돌덩이 위에 주저앉고 만다.

그 모습을 몰래 지켜보고 있던 아버지가
소년에게 다가가 물었다.
"왜, 네 생각대로 안 되니?"
소년은 풀이 죽은 목소리로 대답했다.
"제가 할 수 있는 최선을 다 했는데 꿈쩍도 안 해요."
"그래? 정말 최선을 다 한 거야?"
"그럼요. 전 최선을 다 했어요. 이제 더는 못 하겠어요."
아버지는 소년의 등을 토닥이며 말했다.
"혼자 힘으로 안 될 땐 아빠나 친구들에게 도움을 청해야지.

주변 사람들의 도움을 얻어내는 것도 네 능력이란다.
그리고 거기까지 해봐야 최선을 다한 것이라고 할 수 있지."

최선을 다 한다는 건
혼자가 아닌 누군가와 함께하는 것이다.

일단 시작하고 볼 일

경영자 피터 스킬먼이 700여 명의 시민을 한자리에 모아놓고
간단한 실험을 진행했다.
먼저 네 명을 한 팀으로 만들고 각 팀에게
노끈 1줄, 1미터 길이의 테이프, 파스타 20가닥,
마시멜로 1조각을 제공한 후,
지지대 없는 구조물을 만들라는 미션을 주었다.
제한 시간은 18분이 주어졌고,
구조물의 꼭대기에는 반드시 마시멜로를 올려놓아야 했다.

실험에 참가한 팀은
기업 임원 출신부터 대학원생, 엔지니어 등 다양했는데,
뜻밖에도 가장 나이 어린 유치원생 팀이 최종 우승을 차지했다.
다른 팀들이 리더를 뽑고 치밀하게 계획을 세우는 동안
유치원생 팀은 무턱대고 일단 구조물 세우기를 시작했다.
다른 팀들이 고민하고 상의하는 시간에
곧바로 손부터 움직인 것이다.

구조물 세우기를 시도했다가 실패하면
제2, 제3의 방법으로 끊임없이 시도했고,
실패를 반복하면서 결국 최상의 방법을 찾아낸 것이다.

"시간이 없을 땐 실패하는 게 중요합니다.
일찌감치 실패해야 빨리 성공할 수 있습니다."

이 실험을 주도했던 피터 스킬먼의 말이다.

깊고 오래 생각한다고 해서
꼭 좋은 결과를 얻을 수 있는 건 아니다.
때론 완벽한 계획보다 빠른 실행이 답일 수 있다.
'장고 끝에 악수'를 두는 어리석음을 범하지 않으려면
일단 시작하고 볼 일이다.

무엇을 지켜야 할까?

'파옹구우破甕救友'라는 사자성어가 있다.
'옹기를 깨트리고 친구를 구한다.'는 말이다.

북송시대의 재상이자 역사가였던 사마 광이
어린 시절 친구들과 술래잡기를 하다가
친구 한 명이 물이 든 항아리에 빠지는 사고가 발생했다.
항아리에 빠진 친구가 허우적거리며 비명을 질러댔지만
친구들은 발만 동동거릴 뿐 어찌할 바를 몰랐다.
그때 사마 광이 어디선가 큰 돌멩이를 들고 와서
망설임 없이 항아리를 향해 내던졌다.
항아리는 박살이 났고,
그 덕에 친구는 목숨을 부지할 수 있었다.

그런데 무사한 친구를 확인한 다른 친구들이
이번에는 깨진 항아리를 걱정하기 시작했다.
사마 광은 아랑곳하지 않고 살아난 친구를 부축해 일으켰다.

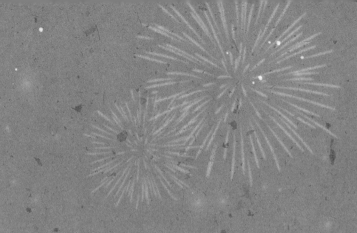

목숨보다 중요한 것이 어디 있을까?
그날 어린 사마 광이 깨트린 건 단순한 물 항아리가 아니었다.
오래 되고 견고한 '고정관념'이란 항아리였다.

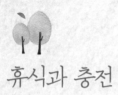

휴식과 충전

한 벌목장에서 두 명의 건장한 사내가
열심히 도끼질을 하고 있다.
한 사내는 종일 쉬지 않고 도끼질을 했고,
다른 한 사내는 한 시간 정도 일하고 잠깐 쉬었다가
다시 도끼로 나무를 찍어내는 일을 되풀이했다.

두 사람 중에 누가 더 많은 나무를 벌목했을까?
결과는 의외였다.
쉼 없이 도끼질을 한 사내의 벌목량보다
한 시간 간격으로 휴식을 취해가며 일했던 사내의 벌목량이
훨씬 더 많았다.

이유는 간단했다.
쉬지 않고 도끼질을 했던 사내는
시간이 흐를수록 기운도 떨어지고 도끼날도 무뎌졌지만,
한 시간마다 휴식을 취했던 사내는

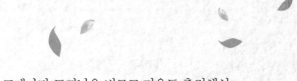

그때마다 도끼날을 벼르고 기운도 충전해서
마지막까지 지치지 않고 일을 마칠 수 있었던 것이다.

휴식은 멈춤이 아니라 충전의 시간이다.
휴식을 모르는 사람은 브레이크 없는 폭주 기관차와 같다.
브레이크 없는 폭주 기관차의 종말은 불을 보듯 뻔하다.
일과 휴식에도 균형이 필요하다.
균형이 무너지면 삶에 균열이 생긴다.

오르막길로 갈까, 내리막길로 갈까

히말라야 고산족들은 양을 사고팔 때
양의 크기나 무게를 따지지 않고
가파른 산에 양을 풀어놓고 움직임을 살펴본다고 한다.

산비탈을 타고 오르며 풀을 뜯는 양은 비싼 값을 매기고,
산 아래로 내려가는 양은 싼값에 거래가 이뤄진다.

당장의 크기와 무게를 따지기보다
양의 미래를 내다보며 값을 매기는 것이다.

힘겹게 산비탈을 오르는 양들 앞엔
푸르고 싱싱한 목초지가 기다리고 있지만
편하게 비탈을 내려가는 양들 앞엔 이미
다른 동물들이 훑고간 황량한 풀밭만 남아있기 때문이다.

《쉽고 편한 인생을 사는 법칙》의 저자

어니 J. 젤린스키는 이렇게 말한다.
"쉽고 편한 일을 하면 인생이 어렵고 불편해지고,
어렵고 불편한 일을 하면 인생이 쉽고 편해진다."

성경에도 이런 말이 있다.
"생명으로 인도하는 문은 좁고 험하여 찾는 사람이 적고,
멸망으로 인도하는 문은 넓고 평탄하니 가는 사람이 많다."

오르막길로 갈 것인가, 내리막길로 갈 것인가.

완벽한 때란 없다

한 마을에서 나고 자란 두 친구가 있었다.
한 친구는 부자로 살았고 다른 한 친구는 가난하게 살았지만
두 사람의 우정은 변함이 없었다.
그들에겐 오래 된 꿈이 하나 있었다.
두 사람이 같은 배를 타고 멀리 여행을 떠나는 것이었다.

어느 날 가난한 친구가 부자 친구에게
그동안 벼러왔던 여행을 떠나자고 제안했다.
"삼일 후에 여행을 가려는데 자네도 같이 갈 거지?"
부자 친구는 어이없다는 표정으로 친구를 바라보며 말했다.
"아니 배 한 척도 없이 어떻게 여행을 떠난다는 건가?
난 몇 년 전부터 배 살 돈을 모으고 있네.
하지만 아직은 때가 아니야."
그 말에 가난한 친구는 웃으며 말했다.
"배는 무슨, 물병 하나 밥그릇 하나면 충분하지!"

삼일 후 가난한 친구는 예정대로 여행을 떠났고,
1년 만에 여행을 마치고 고향으로 무사히 돌아왔다.
그때가지도 배 살 돈을 다 마련하지 못한 부자 친구는
가난한 친구의 파란만장 여행담을 들으며 한없이 부러워했다.

아무것도 하지 않으면
아무 일도 일어나지 않는다.
세상에 완벽한 계획이란 건 없고,
세상일에 완벽한 때가 따로 있는 것도 아니다.

"'언젠가'라는 날은 영원히 오지 않는다."
영국의 출판인이었던 헨리 조지 본의 말이다.

신이 늘 당신 곁에 있기를

당신 손에
언제나 할 일이 있기를.

당신 지갑에
언제나 한두 개의 동전이 남아 있기를.

당신 발 앞에
언제나 길이 나타나기를.

바람은
언제나 당신의 등 뒤에서 불고.

당신의 얼굴에는
항상 해가 비치기를.

이따금
당신의 길에 비가 내리더라도
곧 무지개가 뜨기를.

불행에서는 가난하고,
축복에서는 부자가 되고,
적을 만드는 데는 느리고,
친구를 만드는 데는 빠르기를.

이웃은 당신을 존중하고,
불행은 당신을 아는 체도 하지 않기를.

당신이 죽은 것을 악마가 알기 30분 전에 이미
당신이 천국에 가 있기를.

앞으로 겪을 가장 슬픈 날이
지금까지 겪은 가장 행복한 날보다 더 나은 날이기를.
그리고 신이 늘 당신 곁에 있기를.

– 아일랜드 켈트족의 기도문

누가 더 절박한가?

사냥개가 노루를 쫓고 있다.
사력을 다해 도망치는 노루와 추격하는 사냥개의 거리는
좀체 좁혀지지 않았다.

도망치던 노루가 사냥개를 향해 외쳤다.
"넌 절대로 날 잡을 수 없어. 일찌감치 포기해."
그 말에 사냥개가 발끈했다.
"내가 널 못 잡는다고? 왜?"

노루가 대답했다.
"난 지금 목숨 걸고 필사적으로 달리고 있지만
넌 고작 주인에게 칭찬 받으려고 달리는 거잖아."

쫓고 쫓기는 추격전에서
더 날쌘 놈이 승자가 되겠지만,
누가 더 절박하고 누가 더 필사적인가에 따라서도

승패가 갈리고 생사가 달라지기도 한다.

노루에겐 지금이 절체절명의 순간이지만
사냥개에게는 그저 수많은 사냥 중의 하나일 수 있다.

생존만큼 절박한 것이 없고
생존력보다 강력한 무기도 없다.

게으른 천재는 없다

"나는 칠십 평생에 벼루 열 개를 밑창 냈고,
붓 일천 자루를 몽당붓으로 만들었다."

추사 김정희가 친구에게 보낸 편지의 한 구절이다.
벼루를 밑창 내려면 먹을 얼마나 갈아야 할까?

서성書聖으로 불리는 중국 동진의 서예가 왕희지는
자신만의 서체인 '왕희지체'를 얻기까지
연못이 까맣게 변하도록 먹을 갈았다고 전해진다.

"하루를 연습하지 않으면 내가 알고,
이틀을 연습하지 않으면 아내가 알고,
사흘을 연습하지 않으면 청중이 안다."

20세기 최고의 지휘자 레너드 번스타인의 말이다.

세상에는 분명
타고 난 천재가 많지만
세상 어디에도 게으른 천재는 없다.

천재는 태어나는 것이 아니라
만들어지는 것이다.

프로와 아마추어의 차이

한 성당에서 애연가인 신도가 신부님께 물었다.
"신부님, 기도를 할 때 담배를 피워도 될까요?",
그 말에 신부님은 정색을 하며 신도를 꾸짖었다.

며칠 후, 다른 신도가 신부님께 질문을 했다.
"신부님, 제가 담배를 피울 때 기도를 해도 될까요?"
그러자 신부님은 그 신도에게 칭찬 세례를 퍼부었다.

한 쇼핑센터에서 커피와 우유를 파는 직원이 있었다.
그는 고객이 지나갈 때마다 이렇게 말했다.
"고객님, 커피 한 잔 드시겠습니까?"
"고객님, 우유 한 잔 드릴까요?"
그때마다 고객들은 눈도 마주치지 않고 단호하게
'No.'라고 말했다.
당연히 매출실적도 바닥이었다.
직원은 깊은 고민에 빠졌고,

고심 끝에 고객에게 선택형 질문을 해보기로 했다.

"선생님, 커피를 드릴까요? 우유를 드릴까요?"

그러자 고객들이 반응을 보였고 매출도 급상승했다.
사람들은 대체로
한 가지 질문에는 부정적인 답변을 하지만
두 가지 이상의 선택식 질문을 하면 무의식적으로
둘 중에 하나를 선택하게 된다고 한다.

작지만 섬세한 차이가
프로와 아마추어를 가르는 기준이 된다.

신이 주신 선물

미국의 한 초등학교에서 있었던 일이다.

과학 수업 중 실험용으로 사용하던 생쥐가 도망쳐 사라졌다.

선생님과 아이들이 교실 구석구석을 뒤져봤지만

생쥐는 찾을 수 없었다.

선생님은 아이들을 자리에 앉게 하고 스티브 모리스를 불렀다.

"이렇게 찾았는데도 보이지 않으니

아무래도 스티브 네가 나서야겠다."

그러자 아이들이 웅성거리며 반대했다.

스티브는 시각장애인이었기에

모두들 불가능한 일이라고 생각한 것이다.

그때 선생님이 이렇게 말했다.

"맞아, 스티브는 생쥐를 볼 수도 없어.

하지만 스티브는 눈이 불편한 대신

신이 내린 선물 같은 청력을 가지고 있단다.

스티브는 분명 해낼 거야. 선생님은 믿어."

선생님의 말처럼 스티브는 자신의 청력으로

생쥐가 숨어 있는 위치를 정확히 찾아냈다.

그날 밤 스티브 모리스는 일기장에 이렇게 적었다.
"오늘 나는 다시 태어났다.
선생님은 내 귀를 신이 내린 선물이라고 하셨다."

그 후, 스티브는 자신만의 특별한 청력을 활용해서
음악의 길을 걷게 되었고.
십여 년의 시간이 흐른 뒤 싱어 송 라이터로 멋지게 데뷔했다.
그가 바로 세계적인 가수 '스티비 원더'다.

신은 누구에게나
선물 같은 능력을 하나씩 안겨준다.
다만 그것이 무엇인지 우리가 깨닫지 못할 뿐이다.

단순하게 가볍게

"비워야 채울 수 있다."
물건이든 사람이든 공간이든
새로운 것으로 채우려면
먼저 비우는 작업이 선행되어야 한다.

잘 비우고 잘 채우는 것을 '정리의 기술'이라 부른다.
정리의 기술은 두 가지가 핵심이다.
하나는 필요 없는 것을 과감하게 버리는 것,
다른 하나는 필요한 물건을 제자리에 배치하는 것이다.

필요한 것과 필요 없는 것은 어떻게 구분할까?
정리 전문가들은 입을 모아 말한다.

"설레지 않는 물건은 과감히 버려라."

『청소력』의 저자 마스다 미스히로는 이렇게 말한다.
"버리지 않으면 새로운 것도 들어오자 않고
새로운 운명도 찾아오지 않는다."

'염일방일搤一放一'이란 말도 있다.
하나를 얻으려면 하나를 버려야 한다.
물건도 인간관계도,
비우고 내려놓고 정리할 수 있을 때
새로운 물건을 들이고 새로운 관계를 만들어 갈 수 있다.

마음을 비우고, 욕심을 내려놓고,
주변을 정리하면서 단순하게 가볍게 살아보자.

황당한 해고 사유

아무도 흉내낼 수 없는 열정과 유머로
사람들에게 웃음을 선사하는 '펀 경영의 전도사',
재미교포 여성 기업인, 진수 테리어드밴스글로벌커넥션 대표.
기업들을 대상으로 '펀fun 경영'을 파는
경영컨설턴트이자 명 강사인 진수 테리의 수식어들이다.

30여 년 전 한국에서 의류업을 하다가
남편 샘 테리를 만나 미국으로 건너간 진수 테리는
2001년 미국을 대표하는 100대 여성 기업인에 선정됐고,
2005년에는 미국 국영방송인 ABC TV가 선정한
'올해의 아시안 지도자 11인'에 올랐다.
샌프란시스코 시가 7월 10일을 '진수 테리의 날'로 정할 만큼
미국에서 그녀의 활약은 눈부시다.

하지만 그녀의 인생이 순탄하기만 했던 것은 아니다.
미국에 가자마자 취업을 하고 어떻게든 살아보려고 일만 했다.

그러던 어느 날, 7년간 일한 직장에서
이렇다 할 사유도 없이 해고를 당해야 했다.
회사가 어려운 상황도 아니었기에 황당하기만 했고,
인종차별일 것이라고 생각했다.
몇날 며칠을 잠 못 이루고 고민하던 그녀는
해고된 회사의 상사에게 전화를 걸어서 따졌다.
상사의 대답은 충격적이었다.
"넌 인종차별 때문에 해고당한 게 아니야.
넌 엔지니어로서 일도 잘하고 학벌도 좋지만…,
네 얼굴엔 미소가 없어. 그러니까 사람들이 널 따르지 않지.
실적만 좋으면 뭐해? 인간관계를 못 푸는데…."
상사의 말은 가슴을 후벼 팠다.

그날 이후 그녀는 성공한 사람들을 찾아다니면서
'마음 만들기' 작업을 새로 시작했다.
가장 먼저 무표정한 얼굴을 부드럽게 바꾸려고 노력했다.
시간이 날 때마다 거울을 보며 표정 연습을 했다.
억지로라도 혼자 웃고 또 웃었다.
그렇게 몇 달이 지나자

무표정했던 얼굴에 다양한 표정이 생기기 시작했다.
표정이 변하자 생각도 긍정적으로 바뀌기 시작했다.
좋은 일들이 연이어 일어났고,
모든 일에 자신감이 붙기 시작했다.
지금의 진수 테리는 그렇게 다시 태어났다.
황당한 해고 사유가 그녀 인생의 전환점이 되어 주었고,
환한 웃음과 편fun한 유머로 성공을 거머쥐었다.

소자무적笑者無敵,
웃는 자에겐 적이 없다.

칭찬의 힘

습관적으로 말을 더듬는 아들이 있었다.
그 때문에 아들이 사람들 앞에서 위축될 때마다
어머니는 아들에게 이렇게 말했다.
"네가 말을 더듬는 것은
네 생각의 속도가 입의 속도보다 빠르기 때문이야."
그 말에 자신감을 얻은 아들은 훗날
세계적인 기업 제너럴일렉트릭의 회장이 된다.
그가 바로 잭 웰치다.

"너는 이 나라에서 최고다.
너를 보고 있으면 항상 천재라는 생각이 든다."
한 아버지가 아들에게 들려준 말이다.
아들은 커서 일본 최고의 부자가 된다.
소프트뱅크의 CEO 손정의가 그 주인공이다.

칭찬에는 놀라운 힘이 있다.

자석보다 강한 것

미국의 한 초등학교 과학시간에
선생님이 아이들에게 퀴즈 하나를 냈다.

"자, 선생님이 퀴즈를 낼 테니까 알아 맞춰보세요.
이건 알파벳 M으로 시작하고 총 6개의 철자로 이루어졌어요.
그리고 이것은 끌어당기는 특별한 힘을 가지고 있어요.
이게 뭘까요?
자, 각자 생각나는 단어를 노트에 적어보세요."

잠시 고민하던 아이들이 노트에 답을 적기 시작했다.
"자, 다 적었으면 노트를 들어보세요."
아이들은 머리 위로 노트를 들어올렸고,
답을 살펴보던 선생님은 깜짝 놀랐다.
아이들의 노트엔 하나같이 'mother'란 단어가 적혀 있었다.

선생님이 기대했던 답은 'magnet자석'이었다.

자석과 자기장을 공부하기 위해 낸 퀴즈였던 것이다.

'엄마'라는 단어에는 특별한 끌림이 있다.
그 끌림은 평생토록 우리를 지켜주는 투명한 보호막 같다.
지치고 힘들 땐 우리를 일으켜 세워주고,
삶의 의미를 잃고 방황할 땐
북극성처럼 좌표가 되어주기도 한다.
그리고 언제라도 돌아가 편히 쉴 수 있는 안식처이기도 하다.

신이 모든 곳에 존재할 수 없어서 만들어준 존재,
그것이 엄마의 존재감이다.

터널의 끝

사람의 눈동자는 크게
흰 부분과 검은 부분으로 이루어져 있는데,
사물을 인지하고 바라보는 것은 대부분
검은 부분을 통해서 이루어진다.

'탈무드'에서는
신이 인간의 눈을 이렇게 만든 이유를
'인생은 어두운 곳을 통해서 밝은 곳을 바라보아야 하기 때문'
이라고 말한다.

밝음 속에서 어둠을 염려하고
준비하는 사람은 많지 않지만
어둠 속에서는 누구나
한줄기 밝은 빛을 갈구하게 된다.

제아무리 어둠이 깊어도 터널의 끝은 있다.

하지만 그것은
어둠을 헤치고 묵묵히 전진하는 자에게만 허락된다.

동트기 직전이 가장 어둡다고 했다.
지치고 힘들어도
한 걸음만 더 앞으로 내딛어보자.

지금 내가 옳다고 믿는 것

의과대학 신입생을 대상으로 한 첫 강의에서
교수가 학생들에게 질문을 던졌다.

"한 부부가 있는데, 남편은 매독에 걸렸고,
아내는 심한 폐결핵을 앓고 있습니다.
부부 슬하에는 네 명의 자식이 있었는데,
큰 아이는 몇 해 전에 병으로 죽었고,
남은 세 명의 아이들은 모두 결핵에 걸려 누워 있습니다.
그런데 아내가 또 임신을 했습니다.
여러분이 의사라면 이 상황에서 어떻게 하겠습니까?"

한 학생이 손을 번쩍 들고 씩씩하게 말했다.
"저라면 낙태수술을 권하겠습니다."
그 말에 교수가 심각한 표정으로 말했다.

"자네는 지금 베토벤을 죽였네."

'음악의 성자'로 불리는 베토벤,
그는 이런 가정에서 태어난 다섯 번째 아이였다.

지금 내가 옳다고 믿는 것이
정말로 정의롭고 합리적인 최고의 선일까?

내일은 당신 차례

365일 탐방객들의 발길이 끊이지 않는
영국의 한 마을이 있다.
특별히 아름다운 경관도 없고
역사적인 유적지도 아닌 이 마을에
사람들의 행렬이 이어지는 이유는 무엇일까?

그 마을에는 이름 모를 사람의 묘가 하나 있고
묘 앞에 비석 하나가 세워져 있다.
그 묘비를 보기 위해 사람들이 몰려들고 있었다.
묘비에는 이런 글귀가 쓰여 있다.

"오늘은 내 차례, 하지만 내일은 당신 차례지."

퍼뜩, 정신을 차리게 하는 묘비명이다.
내일이 내 차례일 수 있다는 말에서
오늘을 살아갈 새로운 힘을 얻어가는 것이 아닐까.

오늘 하루 후회 없이 살았다면
내일 내 차례가 된들 무엇이 두렵겠는가.
처음처럼 마지막처럼,
오늘이 마지막인 것처럼 살아보자.

토닥토닥

글쓴이 | 곽동언
펴낸이 | 우지형

인 쇄 | 하정문화사
제 본 | 영글문화사
후가공 | 금성산업
디자인 | Gem

펴낸곳 | 나무한그루
주 소 | 서울시 마포구 독막로 10, 성지빌딩 713호
전 화 | (02)333-9028 **팩스** | (02)333-9038
E-mail | namuhanguru@empal.com
출판등록 | 제313-2004-000156호

ISBN 978-89-91824-64-5 02810

값 4,000원